토이 크레인
조영석 시집

문학동네시인선 046 조영석

토이 크레인

시인의 말

오래 묵은 시들을 내보낸다.
더이상 세상에 없는 사람들이 웃고 있는
구한말 흑백사진을 보는 느낌이다.
많은 일들이 있었지만
있어야 할 일들은 생기지 않았다.
사랑하던 사람 둘이
앞서거니 뒤서거니 세상을 떴고
좋아하던 사람들은 하나둘 미쳐갔다.
그사이 이 땅의 대기(大氣)가 달라졌다.
팽팽하던 마음의 현(絃)이 꼬일 대로 꼬여서
끊어지기 직전이다.

생각했던 것보다 모진 삶을 쳐다보며
그래도 깔깔거릴 수 있는 건
피 한 방울 섞이지 않은,
하여 가장 소중한 나의 가족
봉순과 니체,
풀냄새 나는 것들 앞에선
여지없이 녹아내리고 마는
아내 덕분이다.
사랑한다.

2013년 9월
조영석

차례

1부 인형 뽑는 남자

꿈

처음에 그것은
젖니도 채 안 빠진 입속의
붉은 혀였다

삼촌이 달려들어
반달을 만들어주마고
덥석 물더니
어머니 아버지 형 사촌까지
한입만 한입만
모두가 부러워할 만한 것으로
만들어준다고
물어뜯었다

그것이 손톱처럼 작아졌을 때
나는 뒤늦게 그것을 꿀꺽
삼켜버렸다
그리고 영영
벙어리가 되었다.

번데기

 꽃이 한 무더기 피었다 질 동안 침묵의 상자 속에서 웅크리며 지냈다 봄볕은 창문 틈으로 조금씩 끓어넘쳤지만 뒷걸음질치는 퉁퉁 부은 발 앞에서 거품처럼 흩어지고 문득 며칠 동안 말을 않고 지냈다는 사실을 깨닫고 황급히 라디오의 전원을 켠다 무너지는 것을 견디기 위해서 무너질 수밖에는 없었다 차가운 맥주에도 입천장은 쉽게 벗겨지고 한 무더기 독초를 뜯어먹고 온 저녁이면 해독 불가능한 언어의 노래를 들으며 불면의 밤을 보냈다 그리워할 수도 그러지 않을 수도 없는 날들 속에서 난 그저 온몸으로 세상의 치수를 재는 한 마리 자벌레일 뿐이었다.

가족사진

어머니 어깨 위에
아버지의 손이 놓여 있다
사진 속 가족들은 웃고 있다

얼어 있던 땅이 녹으면서
아버지가 꽁꽁 얼었다고 한다
소처럼 큰 눈만 끔벅였다고
누이와 어머니가 들기에는
소처럼 무거웠다고
아버지 몸만 주무르며
눈물만 흘렸다고
소리는 나오지 않더라고

고엽제 때문이지 중풍이 아니다
침대에 누워 아버지가 말했다
아버진 월남 근처에도 가지 않으셨어요
고엽젠 어디에도 있단다
아버지의 어깨 위에 어머니의 손이 얹혀진다
너의 아버지는 국가유공자시다

그래도 살아서, 이만큼 걸어다니는 건
기적이다
어머니!

기적은 10년째 그대로예요

기적이 벌어지는 동안
누이는 집에 잘 들어오지 않았다
긴 병에는 효자가 없어 오빠

강아지를 한 마리 키우고 싶구나
어머니, 우리집에 들어오는 건
뭐든 병이 들어요, 봐라
그래도 난 아직 끄떡없단다

네 어머니 어깨를 누르고 있는 내 손이
마음에 걸리는구나 아버지가
가족사진을 다시 찍자고 말했다

식탁엔 거미줄이 쳐져 있다
이 집엔 바퀴벌레도 살지 못한다
사진 속 웃음에 녹이 슬어 있다.

외탁

어느 쪽도 칠십은 넘기지 못했으니
사실 어느 쪽이든 상관은 없다
칠십을 넘겨서까지
세상에 버틸 이유가 어디에 있을까?
외숙과 함께 시퍼런 고추를
소쿠리에 듬뿍 담은 날
나의 생(生)은 한쪽으로 급격히 기울고 말았지만
그리하여 난 늘 바깥만 그리워하였지만
눈 속의 핏줄은 쉬 충혈되곤 하였다
어머니와 어머니의 어머니,
또 그 어머니의 어머니를
이 세상 밖 어딘가에서 만난다면
서로의 눈을 찬찬히 들여다보며
사내에게만 유전되는 슬픔을 알아볼 수 있을까?
내 피의 구 할은 바깥으로부터 흘러들어온 것이다
어느 주말 저녁 무능하게 나이만 먹은
아들의 밥상을 내오는 어머니의 얼굴에
외조모가 있는 것이다
잔잔한 무국 위로 메마른 숟가락을 뜨는
내 얼굴에서 외조모의 어머니
그 어머니의 어머니가 눈을 뜨고
사계절 내내 단풍을 보는 것이다.

야근

블라인드를 걷고
유리창에 낀 성에를 닦는다

검은 물 위로
머리가 하얀 새떼들이 날아오른다

점점이 떠 있는
집어등(集魚燈)을 뒤흔들며
싱싱한 물고기들이 웃음을 터뜨린다

어느덧 자정
눈물 없는 계절이
창문턱에 서서
가만히
사무실 안을 들여다본다.

이등병 조영석

그해 송산(松山)의 나무들은 불임이었다
송홧가루 날리지 않는 궁핍한 하늘 위로
코트 깃을 세운 바람이
느릿느릿 지나가곤 하였다
돼지 축사 앞에서 쭈그리고 앉아
나는 조각난 바깥을 쳐다보곤 하였다
그보다는 자주
홀로 죽어갔을 마지막 공룡의
창백한 눈동자를 떠올리곤 하였다
미군 헬리콥터가 알파벳을 새기며
산 너머로 날아갔다 돌아오는 사이
청년들은 낡은 가구처럼
군용트럭에 실려 먼지 속으로 사라졌다
노인들은 항상 길의 가장자리에서만
담배를 피웠다
바람이 느릿느릿 지나간 자리
구부러진 노인들의 어깨 위로
사금처럼 먼지들이 반짝였다
멀리 신축 아파트 유리창에
태양들이 분열(分列)하기 시작하면
푸석거리는 살갗을 뚫고
수많은 은빛 바늘들이 돋아났다
양산을 쓴 여인들이 무리를 지어

내 앞을 지나갔다
철망 안 나를 배경 삼아
기념사진을 찍기도 하였다
돌아오지 않겠다고 떠난 길
어느새 나는 철망 밖에서
철망 안을 들여다보고 있다
벗어날 수 없는 더 큰 철망 속에서
죽을 때까지 현역(現役)이라는 사실을 깨닫는다
오른팔을 있는 힘껏 뻗어
철망을 배경으로 자화상을 찍는다
오래 걸어온 청춘의 실크로드가
소실점을 향해 뚜벅뚜벅 걸어가고 있다.

면도를 하다 문득

대대로 물려받은
입술 위 코밑 땅은
늘 흉년

30여 년 부지런히
물과 거름을 주었는데도
듬성듬성 자라나는 흑싸리들

시를 쓰며 불면의 밤을 보내고
찬물을 끼얹은 거울을 보는 새벽이면
늘 궁금한 것이다

내 땅의 크기와 흑싸리의 수확량은
왜 비례하지 않는지
어느 피와 어느 피의 결탁이
끈질기게 핏줄 속을 흐르고 있는지

그럴 때면 거울 앞에서
첫닭이 울 때까지
호롱불 흔들리는 창호 너머에
숱 없는 수염을 꼿꼿이 세우고 있었을
몇 대조 앞선 사내를
우두커니 보게 되는 것이다

강보에 싸였을 적
기대에 차 내려다보던 눈들을 향해
내가 몸값을 못하게 된 건 전적으로
아주 오래전 일 때문이라고
변명하고 싶어지는 것이다.

퇴화의 흔적

  우체국에서 서류봉투에 보내는 사람의 주소를 쓰다가 혹
은 동사무소 등본 신청서에 이름을 적다가 주민번호를 적다
가 문득 펜을 쥔 손이 뻐근해진다 손등과 손가락, 특히 엄지
와 검지 중지가 저려오는데, 격렬한 고통은 아니고 마치 내
것이 아닌 것만 같다 파도처럼 멀리서 오는 아픔 자판 머리
만 경쾌하게 두드리던 양손을 망연히 내려다본다. 의수 같
은 진수 어린 시절 글씨깨나 쓴다고 경필대회라는 낯부끄
러운 대회에서 상도 받았던 내 손이 낯선 이의 글씨를 쓴다
자신의 필적을 감추려는 수배자처럼 조금만 써도 남의 글
씨다 한 글자 한 글자가 처음 보는 솜씨 그나마도 몇 글자
채 쓰기도 전에 손이 곱아온다 손가락 열 개만으로도 손바
닥 손등은 필요도 없이 1분에 400자를 찍는 내 손 어느새
배가 불러 꾹꾹 종이를 파던 노동을 잊었다 한 세대 내에서
급격히 일어난 퇴화, 난 원래의 글씨를 잃어버리고 다시 문
맹이 되었다.

신파 1

십 년 만에 당신을 만나는군요

자판기 앞에서 콜라를 뽑아든 내게
미제 구정물은 제발이지 먹지 말라 했던
얼마 뒤 공항에선
적들의 뻔뻔한 심장에
은빛 탄환을 쑤셔박으러 떠난다며
내게 악수를 건네던
늘 그늘로만 다녔지만
그래서 바른길로만 다닐 수 있었던
늘 나를 반성하게 만들던 당신

살다보니 의식의 문제가 아니라
건강 때문에라도
미제의 구정물을 끊어야 할 때가 오더군요

당신을 배웅만 하던 친구의 결혼식에서
십 년 만에야 드디어
날 해방시켜준 당신의 명함
펀드매니저 Daniel Kim

아! 고맙습니다.

신파 2

고등학교 3년 내내
내 옆자리를 지켰던
잘생긴 내 짝꿍 영재 농구도 잘하고
노래도 잘 부르고 웃기도 잘 웃던
공부 하난 끝내주게 못했던
짝꿍 영재
지하철역에서 넘어져 깨진 앞니를
자랑스레 보이며
신혼집 커다란 접시처럼
깔깔거리며 웃던 짝꿍 영재
15년째 연락을 못한 영재
나와 떨어져서도
다른 짝꿍들과 15년을 더 산 영재

영재의 미니홈피를 훔쳐보는 밤
사진 속 어른 영재의 옆에는
내 친구들 여럿 여전히 폼 잡고 있고
궁지에 몰리면 내게 패스해주던
영어 단어를 물어보던 영재는 이제 없고
여전히 잘생긴 영재만 담배를 물고
나를 바라본다
가지런하고 새하얀 앞니를 보이며 웃는
어느 집 든든한 가장(家長)

이제 영영 남이 되었다.

세계의 날씨

새벽 두시
극동 아시아의 남쪽
그 남쪽의 북쪽에 위치한 나의 거처
몇 개의 못이 별자리처럼 박힌
허름한 벽에
지구의 날씨가 떠오른다
리우데자네이루 샌프란시스코의 하늘색과
시드니의 파도 높이가
무표정한 색깔의 음악으로
내 거처에 울려퍼진다
단 한 번도 가본 적 없고
결코 가볼 수도 없을 희망봉
케이프타운의 오전은 화창할 것이지만
뉴델리의 최저기온과 최고기온은
어떤 전생의 연(緣)으로
이 밤 내 불면의 강 위로 흐르는 것일까
라면봉지와 남미의 맥주병이 뒹구는
앉은뱅이책상 시집들의 무덤 너머로
나는 실제 없을지도 모를
런던과 파리의 풍속을 온몸으로 듣는다
증언과 사진만 난무하는 허구의 세계 속에서
날씨와 살을 섞는 나의 불면
한 잔의 불안과 한 잔의 불행

한 병의 불멸을 마시며
다음 생으로의 출근을 기다리며 잠이 든다.

가계부

새벽 두시
창밖엔 장대비가 쏟아진다
어둠을 그으며
앉은뱅이 지붕을 뚫을 듯이

먼 데 보내는 소식처럼
담배연기를 날려보내며
파리한 스탠드 아래
쪼글치고 앉아
들여다보는 주머니 속

비가 새는 곳은 없는데
게으름을 피우지도 않는데
밑 빠진 독도 하나 없는데

몇 년째 주판알을 튕겨봐도

재산이 모이지 않는다.

나타샤의 위로

고화질 브라운관 속
이국 출신의 싱싱한 물고기들이
옷을 벗고 몸을 말린다
비늘이 번쩍이는 미끈한 지느러미
꼬리 따위는 애당초 벗어던지고
목소리는 저당잡혀 비린내만 풍기는데,
어라, 배꼽이 있다!
늘씬한 다리까지 있다!
물고기를 파는 사람들보다
더 벌거벗고 더 아름다운 배꼽이 있다
아비가 탯줄을 자를 때의 기도는
어느 바다쯤에서 헤엄치고 있을까
부끄럼 없이 드러눕는 물고기떼 앞에서
채 다 자라지도 않은 먼 바다
물고기들을 팔고 있는 여자들 앞에서
매일 밤 나는
육중한 내 꼬리에 소금물을 뿌려주며
욕망의 부패를 막을 뿐이다.

스트라이크아웃 낫아웃

컴퓨터게임을 하고
수다를 떨고 가끔
야구를 한다 가끔
팀원들과 맥주를 마시며 가끔
담배를 피우며 수다를 떨며 가끔
컴퓨터게임을 하고 회의를 한다
알아듣지 못하는 말을 듣고
알아듣지 못하는 말을 한다
세상엔 60억 이상의 외국어가 존재한다는
생각을 하며 60번 이상 밥알을 씹는다
죽은 정치인에 조의를 표하고
훨씬 먼저 죽은 혁명가를 추억하다
자주 열정 없는 사람이란 평가를 받으며
심장이 축축하게 젖어간다
어느덧 하루의 끝
어쩌다 일주일의 끝
어느새 한 달의 끝
삶이 서서히 길들여져간다
길이 잘못 들지 않게
새로 산 미제 글러브를 주무르며
누군가 내 삶을 검증되지 않은 선(線)을
기준으로 접었다는 것을 깨닫고
문득 바쁘게 베이스를 돌고 돌고 돌고

다리가 풀린다
이번 생은 이대로 끝
어느 날 나는 더그아웃으로 사라질 것이다.

호적

만엽동근(萬葉同根)!
뿌리를 알아야 사람인 게다
그럼 아버지, 뿌리가 없는 사람은 무언가요?
부초(浮草)의 뿌리도 뿌리인가요?
저는 다년생 부초로 살게 되었어요
제 뿌리는 물을 먹고 자라요

혼인신고 하던 날
처음으로 직접 뽑아든 뿌리 한 덩이
실뿌리처럼 매달린 이름 두 자 옆에 아버지,
처음 나를 심으신 날(日) 기록해놓으시고
낯선 집 문패 같은 아버지의 아버지
이름을 내려다보는데

이 칸은 적지 마세요
차남 이하만 해당되니까요

아버지가 늘어뜨린 나는,
몇 가닥 엉킨 실뿌리
그러나 아버지,
완전한 뿌리가 되기 위해선
당신이 뿌리째 뽑혀야 한다는 걸
왜 가르쳐주시지 않았을까

내 뿌리를 먹이기 위해
그 많던 잔뿌리 모두 썩히셨다는 걸

그러나 아버지, 저는 부초예요
같이 세상을 헤엄칠 부초를 소개해드리려는데
우리는 아버지,
물위에서 살고 싶어요
그러나 아버지의 아버지,
땅 위에서밖에는 사는 법 모르시고
땅주인에게 신고하고 사는 법 만들어놓으시고
허울뿐이지만 제 뿌리를 잠시 맡아두세요 아버지,
물만 먹으며 살기에는 제가 먹고 큰 흙이 너무 많아요
늪에서 살게 될까 두려워요.

아내의 귀가

이른 새벽
황달기가 도는 눈을 깜빡거리며
마을버스가 다가옵니다
부서진 공중전화 부스 앞 정거장
버스에서 내릴 당신을 기다립니다
입김을 불며 언 손을 녹이는 손님은
아직 없습니다 마을버스는
구불구불한 산동네 길 쓰레기 산과
녹슨 철문들 앞을 지나
머나먼 골목길을 돌아
나올 때와는 다르게
등을 보일 때는 기침까지 올리며
도망치듯 정거장을 떠납니다
문고리조차 잡아보지 못한
어둠이 뚝뚝 떨어집니다
추위를 견디느라 차곡차곡
서로를 이불 삼아 곤히 자던 낙엽들이
떠나는 버스의 등을 보곤
황급히 일어납니다 속옷도 벗어던지고
일어납니다 미련처럼 남은 바람의 발목을 잡고
한 몇 걸음쯤 부스스 뛰어가다간
이내 무릎이 꺾이고 맙니다
다시 검은 비닐봉지만 겨우

몸을 뒤척이는 차분한 새벽입니다
당신의 손목을 잡고 같이 걷던 그 새벽에도
전화 부스 위 눈먼 외등만이
바람의 창백한 손등을 쓰다듬으며
눈썹을 떨고 있었습니다.

짝

혼자된 지 2년이 다 되어갈 무렵
모처럼 찾은 집에서 아버지가 말했다
너도 이제 새사람을 만나야지
내가 대꾸를 않고 있자
아버지는 다시 말했다
남자 혼자 살기가 쉬운 게 아니다
그렇게 살다가 덜컥 아프면 어쩌냐
난 묻고 싶었다
그렇게 살다가 내가 덜컥 아프면
나한테 온 그 새사람은 어쩌느냐고
어쩌면 그렇게 한결같이
자기 자식 생각만 하느냐고.

부부

고요한 밤
무거운 밤
당신의 머리 무게를 재는
나의 팔이 잠들지 못하는 밤
고된 하루의 노동이
꽁꽁 얼어 있는 당신의 낮은 숨소리
파르르 떨리는 당신의 목이 안쓰러워
생침을 삼키는 당신의 침묵에
내 혀는 그동안 배운 모든 말을 잃어버리고
살며시 당신 이마에 손을 얹을 뿐
내 핏속으로 점점 침몰하는
당신의 머릿속 비린 하루를 느끼며
나도 그대의 머릿속에서
멀고먼 아침까지 숨을 참는다
고요한 밤 무거운 밤
세상에서 사라져버린
두 사람의 줄기찬 불면(不眠).

귀향

그러던 어느 날
집 떠난 호랑이가 돌아왔다
퇴근 후 힘겹게
집에다 몸을 옮겨다 심고 보니
어느 해 겨울 숫눈 위로
붉은 꽃 점점이 피우며 사라져버렸던
그 호랑이가 방구석에서 웅크린 채 잠을 잔다
고향에서 가장 먼 곳을 향해
추억 따위는 모두 등진 채 걷다가
혀끝에 짐승의 핏기가 가실 때쯤
걷던 길 복판에서 쓰러져 잠든 듯 죽는다는
그 호랑이가 집 떠난 지 몇 년 만에
돌아왔다
지구가 둥근 것이 사실이라면
호랑이가 찾아든 그의 옛 방은
나의 방이기도 했던 그 방에서 가장 먼 방,
나는 그 방 바닥에 뿌리를 내려두고
호랑이가 쓰던 물건들을 쟁여두었지만
주인이 돌아올 거라는 생각은 하지 못했다
가만히 보니 내 방의 호랑이는 낯선 얼굴이다
발톱과 송곳니가 빠진 호랑이가
눈 속에 깊은 우물을 담은 호랑이가
허약하기만 한 내 방 구석에서

부드러운 줄무늬 담요를 덮고 잠을 잔다
누구의 것도 아닌
바로 내 호랑이가.

그대의 뜨거운 눈

새벽까지 잠들지 못하는 그대의 눈
난 그 눈을 한 꺼풀 고이 벗겨내
깊은 계곡 차디찬 물로 씻어주고 싶었네
온종일 붉은 핏발이 선
하여 풀냄새 나는 것들 앞에선
여지없이 녹아내리고 마는 그대의 눈이
가여워
짐승들의 후각이 닿지 않는 곳까지 데려가
오래오래 고이 숨겨두고 싶었네
내 눈은 이미 오래전 모래가 차올라
버석거리고 그대의 눈을 내 눈 속에 넣고
찰랑거리는 물소리를 밤새 들으며
나를 놓지 마오 나를 놓지 마오
녹아내리듯 잠들고 싶었네
오늘밤 온종일 붉게 녹아내린 그대의 눈
뿌리에 고인 물이 한없이 따뜻하네
제 몸을 다 녹이고 나면
이 밤 또 유리 조각처럼 부서지고 말
그대의 눈,
내 눈이 그대의 눈이 되기를
나는 그대의 이마를 짚으며 잠이 드네.

검은 비가

주말 저녁
씨알 굵은 빗방울이
실밥 뜯어지는 소리를 내며
떨어진다
꼬리에 꼬리에
머리를 붙이고 차박차박
상가 골목 차로 한쪽으로
차들이 하루내 뜨거워진 몸을 식힌다
거리에 나앉은 취객들이
듣는 이 없는 넋두리를 내뱉는 틈으로
계란장수 트럭이 고단한 몸을 이끌고
절뚝절뚝 커브를 돌다
체어맨의 옆구리를 찍는다
수건으로 얼굴을 닦으며 내리는
검고 뚱뚱한 사내
계란 한 트럭으로도 못 갚을 빚 앞에서
연신 얼굴에 떨어지는 빗물을 닦는다
닦아내도 닦아내도 내리는
검은 빗물
선글라스를 쓴 여자가 체어맨에서 내려
어딘가 있을 진짜 체어맨에게 전화를 하고
씨알 굵은 빗방울이 무진장 내리기 시작한다
풍년이다.

토이 크레인

사내는 소주의 목뼈를 움켜쥐고 있었다
거스름돈으로 받은 동전 몇 닢을
얼어 터진 손바닥 위에 펼쳐보았다
녹슨 입술을 굳게 다문 구멍가게 앞에서
눈부시게 빛나는 앉은뱅이 크레인 앞에서
사내는 마른 입술에 침을 발랐다
눈꺼풀 없는 인형들이 크레인의 뱃속에서
불면의 눈알들을 치뜨고 있었다
있어도 그만 없어도 그만일 거스름의 날들
사내는 단 한 번도 등 푸른 지폐였던 시절이
없었다 동전 속에 입김을 불어넣고
크레인의 몸속으로 몸소 들어가는 사내
허공을 향해 허깨비를 잡으려 손을 허우적거렸다
손가락 사이를 빠져나간 것이
어디 쓸모없는 것들뿐이었겠는가
사내는 크레인 몸속으로 들어가
푹신한 인형들 속에서 잠이 들었다
크레인의 엉덩이가 축축하게 젖어갔다
목뼈가 부러진 소주 한 병이
조용히 맑은 피를 흘리고 있었다.

원맨 밴드

살아온 날의 8할이 축제였다
푸지게 울음 한번 터뜨릴 새 없이
그는 적병(敵兵)들처럼 달려드는 잔치를 맞으며
나팔을 불고 건반을 두드렸다
양푼에 담긴 막걸리가 출렁일 때나
양주잔이 맥주잔 속에 줄줄이 빠지는 순간
그가 아닌 축제의 주인공은 건배를 외치고
축제의 주인공이 아닌 그는
준비해온 악보도 집어치운 채
노래 부르는 주인공의 입에 맞춰
하모니카를 불고 기타줄을 퉁겼다
늘어지는 음표와 음표 사이로
첫돌 지난 딸아이의 울음이
열꽃처럼 흐드러지다 졌고
하객들이 쥐여준 지폐의 주름 사이로
아내는 미끄러지듯 사라졌지만
취기 오른 사내들이 건네는 술잔에
손가락은 멈출 줄 모르고 악기들을 두드렸다
10년 된 나비넥타이에 날개처럼 지폐가 꽂히면
부모에게도 못한 큰절을 넙죽넙죽 흘리면서
길 위에서 배운 장단이 제풀에 술술 풀려나갔다
사람들의 웃음에 취해 웃음을 잃어버린 생(生)
꿈결 같은 잔치판이 사라진 무대에서

그는 홀로 악기들을 챙겨 매고
다음 축제를 향해 길을 걸었다
어금니를 꽉 깨문 채
단 한 번도 없었던 자신의 축제를 기다리며.

갤러리, 스트리트

허리가 굽은 봉고차 옆
간이의자 위에 앉아
사내는 날짜 지난 신문에서
놓쳐버린 사주를 보았다
길 위에 늘어놓은 고흐의 그림 위로
봄빛이 끓어넘치곤 하였다
백반 쟁반을 덮은 보자기가 펄럭일 적마다
감추어놓은 빛들이 알몸으로 튀어나왔다
바다 건너 까마득한 곳에서 나고 죽은
미치광이의 잘린 귀도 튀어나왔다
잘린 곳이 아프다고
잘린 귀도 아프다고
고통은 죽어서도 계속된다고
사내는 어금니를 꽉 깨문 채
늘 앞서 달아나는 사주를 움켜쥔다
구겨진 사주로 해바라기 위의
족보 없는 꽃가루를 털어낸다
주름진 길들이 모여
은밀하게 가랑이를 벌리는 곳에서만
벌떡벌떡 일어서는 갤러리,
이따금 집 잃은 개가
캔버스 위에 오줌을 덧칠하고 사내는
마지못해 개를 따라 뛰곤 하였다

담배를 문 관람객들이
10초에 한 번씩 힐끔거리며
갤러리를 둘러보곤 하였다.

얇은 벽

그 겨울 우리는 얇은 벽에 붙어살았다
얇은 벽 너머로 서로의 안부를 주고받았다
알람 소리가 무한 반복되는 새벽
얇은 벽 너머 아이가 침대에서 떨어지고
나어린 엄마가 악다구니를 썼고
우리는 조용히 아침밥을 씹어먹으며
어린 엄마의 이력을 청취했다
사연을 보낼 순 없었지만
서로의 이름 정도와 빚의 규모는 알 수 있었다
아기의 이름은 가영이었고,
알람에도 지치지 않는 남녀의 신음 소리를 배우며
아기는 긴긴 겨울밤을 지새우며 울었다
집을 나서는 소리 설거지 소리
변기물 내리는 소리 하소연하는 소리
호통치는 소리 넘나드는
얇은 벽을 사이에 두고
우리는 대가족이었으나
복도에서 만나면 서로의 방을 들키지 않기 위해
등 돌리고 문을 닫는 이복형제들이었다
그 겨울 우리는 얇은 벽에 붙어
겨울을 났다
나란히 누워 때로는 얼굴을 마주보고 누워
서로의 구겨진 사연을 주고받았고

세상에서 가장 먼 가족이 되었다.

먼지의 이민

바람을 타고 온
먼지에 등 떠밀려
늙은 아낙 하나
무리에서 떨어져나와
폐지를 줍는다

아주 먼 곳으로부터
바람이
파도처럼 들이치는 길목
누런 털들에 숨어 밀수입된 불행들
질끈 동여맨 아낙의 머릿수건 위로
씨를 뿌린다

개나리 꽃잎 위 찬 눈
게눈처럼 몸을 숨기고
떨어지지도 않는 먼지를 털며
아낙이 절름발이 수레에
폐지를 싣는다

봄눈처럼 사라질
몇 푼 끼니를 위해.

도깨비집

출근길 네거리 한 귀퉁이
신축 건물 1층 상가에는
도깨비가 산다
돼지고기 쇠고기 오리 도다리 민물장어
하늘 땅 바다 가릴 것 없이
뼈부터 내장까지 싹 발라먹는
머리카락 한번 보인 적 없는
도깨비가 산다
용케도 가갸거겨를 떼었는지
먹이를 꾀는 부적까지 내붙이고는
검은 눈동자 깊고 아름다운 늪
밑바닥에 몸뚱이를 웅크린 채
마음먹으면 몇 달이고 꼼짝없이
굶주린 먹이를 기다린다
곳간 속 무진장 쟁여놓은 시간을
조금씩 되새김질하면서.

어떤 초상(肖像)

눈망울 커다란 소
헤픈 웃음을 웃으며
한쪽 눈을 찡긋하며
혀를 내밀어
주둥이 주위를 핥는다
목에는 턱받이 수건을 두른 채
한쪽 손바닥 위
이만 오천 원짜리
육회 접시를 받쳐들고
맛들 좀 보시라고
나 좀 드셔보시라고
능청스럽게.

지식인의 변명

마지막 남은 빛이 사라지면
방은 수백 구의 책들이 웅성거리는
거대한 돌무덤
핑계 없는 책장은 어디에도 없다고
수의를 입은 채 조용히 죽어가던 책들이
저마다의 명성을 앞세우고 책장을 빠져나온다
책들이 죽어 쌓여갈수록
그의 생활은 조금씩 살이 찌고
그들을 가까이 한 날 어느 한때라도
배고프지 않은 적이 있었던가
가지런한 이빨처럼 관(棺)에 꽂혀
책들은 굶주렸던 생을 마감한다
핑계 없는 무덤은 어디에도 없고
그는 납골당 안에 활자의 옷을 입고 가만히 누워
책들의 무덤을 지키며 순교할 것이다
그러니 그의 죽음은 온통 핑계일 것이다
책들의 죽음이 그러했듯이.

건기(乾期)

지평선 너머
북소리가 날아오는 새벽
빛이 들지 않는 지하도에 코를 박고
세상의 끝을 향해 들소떼가 이동한다

턱수염을 길게 늘어뜨린 채
모래밭 위로 생애 처음
인감도장을 꾹꾹 눌러 찍으며
흰자만 남은 눈동자를
치뜨고 간다

화석이 된 나무들 아래
검버섯 핀 들소 몇 마리
무릎을 꿇고 앉아 모래를 퍼 마신다

한때 달콤한 젖이 넘어가던 목구멍
뱀 혓바닥이 석순처럼 자라고
버석거리는 안구에서 기침을 쏟아내며
이제 곧 따라 늙을 들소떼에게
저주를 뱉는다

포식자가 없는
북반구의 사막

눈먼 들소떼가 매일 아침
고개를 숙이고 걷는다
쓸쓸한 고해(告解)의 행렬 속에서
하나둘 최후를 맞으며.

사막의 형제들

짐꾼 몇이서
꽁꽁 얼어붙은 잠을 털어낸다
납작 엎드린 모래언덕들 너머
동정 없는 표정으로 태양이 떠오른다
누룽지처럼 딱딱한 담요를 두른 채
싸구려 홍차 한 잔을 홀짝인다
영겁(永劫)의 고개를 넘어
새까만 사내아이 둘
뼈다귀만 남은 모닥불까지 걸어온다
형은 피리를 불고
동생은 춤을 춘다
알아듣지 못할 주문을 외며
이교도들 앞에서 현생(現生)을 판다
신으로부터 버림받은 형제들
많이 쳐봤자 세상에 나온 지 오륙 년
구걸하는 음악은 어디서든 느린 가락
외국어를 사용하는 나의 혀와 귀는
그들의 화폐단위밖에는 듣지 못한다
쉽사리 신음 소리조차 내뱉지 못한다
문법에 맞지 않는 신음은
신음이 아니기 때문이다
몇백 킬로미터를 날아서 찾아온
부유한 이교도가 할 수 있는 보시란 없다

몇 번의 생(生)을 건너온 가난이 아닌가
난 낯을 가리고 묵묵히 낙타의 등에 오른다
멀리 눈부신 천막들이 펄럭인다
등 돌리고 앉은 신들의 변명이
바람에 실려 동쪽으로 날아간다.

내외

사이드미러가 깨진 차들과
소떼가 뒤엉킨
델리 역 파하르간지 메인 도로
잔기침이 심한 삼륜차
유리 없는 창살 옆으로
기척 없이 멈춰 선 내외
얼굴을 가린 여자와 눈이 맞는다
삭정이 같은 손가락으로
남자의 허리를 움켜쥔다
눈동자에 지친 파문이 인다
헬멧을 고쳐쓰고
남자는 페달을 밟는다
부릉부릉 꿈틀꿈틀
소똥을 짓이기며 달려나가는
내외의 녹슨 바큇살
따르릉따르릉 비켜나세요
여자의 소리 없는 웃음꽃
후드득 진다.

순례자 1

순례의 길은 멀지 않다
깨달음은 한 걸음 앞을 걷는 자의
뒤통수에서 나풀거린다
날카롭게 벼린 햇살 아래
드러누운 개의 늑골 사이에서도
시멘트 바닥 위를 행진하는
들소떼의 똥 덩어리 위에서도
순례의 길은 계속된다
지구 반대편에 있는 땅에서
모국어를 사용하는 수행
해독 불능의 언어를
3000년 된 강물이 조용히 씹어 삼키고
깊고도 검은 눈들이 길가에 앉아
낯선 이교도들을 노려본다.

순례자 2

모국어가 사라지는
그 길 위에서만
탄생하였네
위대한 순례자는
하여 모두가 벙어리였다네
온몸으로 길을 걷는 그대여
온넋으로 속죄하는 그대여
두고 온 물과 흙을 그리워하며
혀가 잘린 아픔을 노래하게
거기가 어디든
그곳이 바로
순례가 시작되는 곳이니
말이 아닌
이 세상 모든 것으로 노래하게.

동피랑

경남 통영
바다 전망이 집값에는 조금도
반영되지 않는 동네
벼랑 끝 가계(家系)들
물비늘이 마른 햇빛에 몸을 뒤척이고
잔잔한 해풍을 등에 업고
먼 바다로 어선이 미끄러져간다
비탈을 따라 늘어선 집과 지붕과
담벼락과 화장실과 안방과 마당
꼬리에 꼬리를 무는 골목은
낭떠러지 아니면 막다른 곳이고
바다가 보이지 않는
골목의 깨진 옆구리마다
잔뜩 칠해놓은 파운데이션
눅눅한 청상(靑孀)의 눈물 냄새
한번 들어오면 바람도 쉬 빠져나가지 못하는 곳
박제가 된 노인들이 곳곳에 전시되어 있는
세상에서 가장 값싼 예술 공원
동피랑 마을.

패스티시(pastiche)

이제는 이상할 것도 없는
三月의 폭설
경전철 공사장 아래로
흘러간 옛 노래가
아지랑이처럼 피어오른다
하천 건너편 산에서
느긋하게 줄 맞춰 굽어보던
거인들이 흰 외투를 입고
두런거린다
검은 인부들은
오래 묵은 입술을 움직여
고향의 말들을 파종(播種)하고
낮술에 취해 비틀거리는 오후의 해
흰 외투를 툭툭 머리부터 털어버리며
어깨를 기웃기웃
거인들이 휘파람을 분다
멀찍이 지켜보던 측백 한 그루는
뜨거운 차가 식는 줄도 모르고
담배가 다 타들어가는 줄도 모르고.

이태원 체 게바라

혁명은 안 되고 당신은
방(房)만 바꾸었지만
혁명은 안 되고 나는 옷만 바꿔 입는다
혁명가의 얼굴이 그려진 티셔츠 한 장 사서
그것도 XXL로 한 장 사서
단 한 번도 가본 적 없는 지방의
담배 냄새를 맡는다
살아 있었다면 만약 운이 나빠
살아남았다면 폐암에 걸릴 확률 80%
누추한 말년이 없는 건 혁명가뿐
낯선 이력(履歷)들의 어깨와 부딪치며
이 땅 어디에도 없는 혁명을 생각하며
이제 나는 싸구려 옷에 가방에
시든 혁명의 꽃을 피운다
단돈 만 원이면 혁명가도 혁명도 살 수 있는
그것도 XXL의 거대한 혁명도 살 수 있는 땅
이제 세상은 그 거대한 혁명의 옷조차
땀으로 절어 꽉 끼는 삼복(三伏)이다
피냄새 없이 말간 하늘이다.

학교 앞 분식집

냉장고 야채 칸을 열어보며
남자가 말했다
몸뚱이가 뭉텅뭉텅 잘려나가고도
시퍼렇게 살아 있는
오이 당근 무를 뒤적이며
썩은 놈 하나를 꺼내며
멀쩡하던 놈들도
바로 이런 놈 하나 때문에
싹 다 죽어간다고
곰팡이 핀 냉장고의 뱃속에서
멀쩡히 살아 있는 게
더 이상하지 여자는
찬란히 부패한 놈을
싱싱한 죽음들 속에서 구해냈다
언제까지라도 살아 있을
시체들 속에 묻혀 있던
제대로 썩은 놈 하나를
펄펄 살아 끓는 라면 속으로
풍덩 담갔다.

파크 라이프(park life)

그곳에는
희끄무레한 머리털이 한주먹씩 빠진
새들이 산다 버스에서 내리는
아이들과 여자들을 처마 밑에
줄지어 앉아 노려본다
무릎을 앞으로 오므리고
어쩌면 그 너머 어딘가를 응시한다
어쩌면 눈이 없을지도 모른다
썩은 은행이 뒹구는 길 위를
기우뚱거리며 걷는다
어쩌면 다리 하나가 없는지도 모른다
마지막 남은 불수의근 한 덩이로
박카스를 든 여인을 찾는다
마지막 남은 몇 방울 씨를 뿌리기 위해
눈먼 근육 한 덩이를
펄럭이는 양복바지에 꼭꼭 숨긴 채
그곳에는
무덤을 찾지 못한 머리 빠진 새들이
죽지 못해 살고 있다.

달리기하는 사람

아무리 달려도
지평선은 더 멀리 달아난다
그의 땅은 꼬리를 끊은 도마뱀처럼
뒷걸음질로 사라지고
Rh-A형의 피가 그 위로 흐르고
길은 꺾어져 티그리스와 유프라테스의 사이로
적도의 섬까지 흘러간다
새까만 여인들은
바다 끝 낭떠러지로 추락하는 태양을 향해
엉덩이를 흔들며 추파를 던지고
그는 벌거벗은 몸으로 달린다
수북한 털 속으로 바람이 숨어들고
길은 다시 세렝게티로 머리를 틀고
뗀석기 하나 들지 않은 몸으로
유인원들이 코끼리떼 사냥을 간다
바스락거리는 풀밭을 지나 코끼리떼는
그들의 무덤을 지나
사막으로 흘러들고 길가엔
앙상한 갈비뼈가 모래를 덮고 잠을 자고
개망초가 무더기무더기
길은 몸을 틀어
다시 그는 달린다 빈손으로 달린다
낙타는 얼음 위를 걷고 만년의 고집이

무표정하게 녹아든다 길은 다시
펜웨이파크로 세이프코필드로
잠실로 문학구장으로 외계의 먼 가스 성운까지
다시 사막으로 사막에선 불기둥이 솟아오르고
길이 꺼진다
그는 땀을 닦으며 하루치의 달리기를 멈춘다.

수영하는 사람

삽엽충을 보신 적이 있으신가요?
눈부신 세포의 가수분열이 이루어지던
까마득히 먼 바다를 말이에요
지구가 아직 거대한 온천이었던 때
뭍으로 기어오른 당신의 바다는
사실 거품이 일지 않는 투명한 사막
숨을 멈추고 자맥질을 하는
당신의 다리는 1000분의 1초를 잡아먹기 위해
진화했지만, 사실
당신의 숨통을 노리는 실러켄스도 이젠
너무 늙어 당신의 바다엔 잘 나타나지 않아요
봐요, 당신의 바다
플랑크톤도 없는
장엄한 소독의 세계를
더러 당신의 종아리를 부여잡는
투명한 해초들도 몇 방울의 피면 흩어지고
어쩌면 당신의 진화는 40억 년 전으로
돌아가고 싶어할지도 모르죠
쫓아오는 물고기도
쫓아가야 할 물고기도 없는데
참 심심할 법하기도 한데
당신의 진화는 늘 총알처럼 튀어나가요
수백 미터 앞도 볼 수 있는

얇게 저민 유리 같은 당신의 바다
거기엔 삼엽충 따위는 없는 거겠죠?
봐요, 당신은 또 물만 움켜쥐고도
기뻐하고 있네요.

역기 드는 사람

노예도 아닐 텐데
그는 자기 몸무게의 세 배를
머리 위로 들어올렸다
의학적으로 한계라는 무게를 떠메고
붉은 등이 푸른 등으로 바뀔 동안
부들부들 버텼다
그가 들어올린 건
쇠몽둥이에 끼워넣은 쇳덩이
먹을 수도 입을 수도 없는 중력이었지만
사람들은 환호했다
그는 그의 몸 세 배의 무게와 함께
종이와 시멘트로 박제되었지만
사실 그는 들어올리기만 했다
그 옛날 노예들은
제 몸무게만큼의 돌을 옮겼다
이리저리 필요한 곳으로 굴렸다
그들이 굴렸던 것은
버릴 게 없는 소 같은 무게였다
그는 들기만 했다 들고 서 있기만 했다
들고 부들부들 턱을 떨며
던질 곳을 찾지 못해, 던지지 못해
내려놓았다
사람들은 그를 따라 매일 쇳덩이를 든다

집도 담도 무덤도 그들이 짓지 않는데
그들은 거울을 보며
폼을 가다듬으며
매일 들었다 놨다만 한다.

3부 크레인 박스

지리산 천왕이

이빨이 죄다 썩었다지
도토리보다 머루나 다래보다 맛있는
새우깡을 찾아 헤맸다지
등산로 길목마다 어흥 하고 나타나선
가슴팍 때에 찌든 반달무늬 내보이며
드러누웠다지
사람들 박수 소리에 이리 뒹굴 저리 뒹굴
쏟아지는 초콜릿에 침깨나 흘렸다지
애비 에미도 모르는 채
태어날 때부터 모가지에 추적 장치 달았다지
네 일족(一族)의 가죽을 덮어쓰고
고작 죽창으로 들이대던 놈들이
너희들을 다시 살려주기로 했다지
창살 안에서 갈비뼈 사이로
호스 꽂고 사는 것보다는 낫지 않느냐고
올무에 묶여 죽어가던 녀석은
끝내 놈들이 구해줄 거라 믿었다지
컨테이너든 절간이든 밥 짓는 냄새에
환장하던 놈이었다지
그런데 너,
그 좁은 동굴 속에서
긴긴 겨울을 어찌 지낸다니
놈들을 닮아 불면증에 시달리기라도 하면

책도 읽을 줄 모르는데
어찌 휘영청 긴 달밤을 보낸다니
거대한 사육장을 홀로 헤매는
지리산 천왕아.

옷코토누시*

　짐작이 간다 마지막 길은 아니라고 믿었겠지 곧 돌아오겠다고 그리 말했겠지 네 등의 고동빛 줄무늬가 사라지고 질긴 잇몸을 찢으며 엄니가 솟으면 절대로 산을 내려가선 안 된다고 몇 해 전 트럭에 치여 죽은 아비의 말도 우스웠겠지 네 뜨거운 피는 한입 거리도 안 되는 짐승들이 올망졸망 모여 수군거리는 것을 보았을 때도 코웃음 치곤 했겠지 자고 나면 낯설어지는 숲속에서 자꾸 길을 잃어 불쑥불쑥 무서운 건 일찍 찾아왔을지 모를 치매뿐이었겠지 침침한 두 눈으로 허기를 채우려 땅을 파헤쳤겠지 이 땅에, 대대로 살아온 이 땅에, 임자 있는 감자나 옥수수 따위가 있을 리 없다고 이게 웬 횡재냐고 울부짖었겠지 짐작이 간다 그날 밤 낯선 숲 아래 무진장 펼쳐진 끼니를 두고 네 몸속을 가득 채웠을 죽음의 허기를 전사처럼 돌진해 그 허기를 토해낼 때도 그래, 마지막이라는 생각은 못했겠지 생전 처음 네 가죽을 뚫고 무언가 박혀왔을 때에야 아차, 했을까 아무리 소리쳐도 도우러 올 일족(一族)이 네게는 없다는 것을 네가 상대하기에 한입 거리도 안 되는 짐승들의 숫자가 너무 많다는 것을 알고 절망했을까 감자 부스러기 섞인 피를 토해내며 난생처음 네발을 치켜들고 누웠을 때, 등허리에 닿던 흙의 감촉이 어땠을지는 짐작이 안 간다 그래도 행복하진 않았을까 그래도 넌 네 몸을 위해 먹다 죽었으니 한입 거리도 안 되는 놈들이 잠시나마 너를 두려워했으니, 두려울 것이라고는 없는 고약한 놈들이 말이다.

* 미야자키 하야오의 애니메이션 〈원령공주〉 속 캐릭터. 거대한 산을 지키는 멧돼지 신으로서 개발 욕심에 눈먼 인간들에 맞서 최후의 싸움을 벌인다.

오릿집 황구

우리 동네 오릿집 뒷마당엔
쏟아지는 햇살에 온몸이 간지러운
누런 잔반 처리기 한 대가 있네
한 달 두 달이면
금세 커다란 용량으로 변한다는
전기세도 수리비도 들지 않는
값싼 잔반 처리기
선이 짧아 멀리까지 이동하진 못하는
몽글몽글한 살집의 잔반 처리기
온종일 묶여 주인만 기다리는
주인이 가져오는 오리 찌꺼기만
기다리는 눈이 짓무른 잔반 처리기
오리 찌꺼기를 먹고 나면
늘 잠만 자는
어느 날 코드만 남기고 사라질
잔반 처리기.

벌레의 숨

반지하방 어딘가에선
온 가족이 벽을 붙잡고
밤새 눈에 불 밝힐 밤
옥탑 양철 지붕 밑
세숫대야가 밤새 파문을 일으키며
천둥소리에 부들부들 떨어댈 밤

이중창 밖으로 타닥타닥
마른 장작 타는 소리 들리고
소리보다 먼저
좁은 방안을 쓰윽 훑어보고 가는
커다랗고 흰 눈동자

벽 속에서인지
장롱 속에서인지
방바닥 갈라진 틈에서인지
오만 가지의 소리를 헤집고
풀벌레 한 마리 온힘을 다해
소리통을 울려댄다.

모기

놈들은 경제를 모른다
한끼를 때우기 위해
신통치 않은 눈만 믿고
국경을 넘나든다
몇 놈이서 작당해
며칠 밤낮을 퍼간다 해도 쉬이
바닥이 드러날 혈맥도 아니지만
놈들은 의원처럼 노련하게 맥을 짚고
가장 기름진 혈관 위에만
바늘을 꽂는다
언제 다시 차례가 돌아올지 모를
끼니의 진창을 건너기 위해
목숨을 건다
진화의 막장에서 꽃핀
목숨과 끼니의
등가교환의식

악몽을 꾼 새벽녘
허벅지를 때린 손바닥 아래
터져버린 생몸뚱아리가 비리다

황사

불을 끄고
라디오의 입에 자물쇠를 채우고
거대한 돌무지무덤 속 주인처럼
얇은 이불 덮고 딱딱한 방바닥에
조용히 누운 봄밤
6층 창밖으로 한 무더기
사나운 짐승 떼들이 흘러간다
백령도를 지나 연안부두를 지나
어느덧 내 집 창 허공까지 달려와
또 어딘가로 달려가는 누런 짐승들
이빨까지 혀까지 눈알까지
핏방울 하나하나 누런 짐승들
가끔 두어 마리가 블라인드가 내려진
내 방 창문을 들여다보고 간다
박박 이빨을 박고 긁으며 언제까지
그렇게 잠만 잘 거냐고
얼른 일어나 불을 켜고
밤새 자신들의 갈 길을 밝히라 한다
사람의 목소리가 모두 사라진 자정
목 뿌리까지 텁텁한 봄밤.

돌의자

담배 한 대를 피울 동안
사라지는 계절
진화의 한 굽이를 도는
좁은 땅 한 귀퉁이에
의자가 놓여 있다
인류보다 먼저 깨어난 돌멩이 위에
돌멩이보다 먼저 운
나무 껍데기를 붙여
도끼에도 견디는 종(種)이 되었으나

계절의 회전문이 휙 도는 찰나
하루의 얼굴이 표정을 싹 바꾸는 동안
운다 온몸으로 송글송글 울어
무심코 앉은 포유류의 엉덩이에
축축한 울음의 지문을 묻힌다
죽지도 살지도 못할
진화의 곁가지 끝에 맺힌
괴물의 눈물
티 없이 맑은 소리로
사라진다.

코스모스

막대 하나면
지구의 둘레를 잴 수 있다
단, 수억 광년을 날아
어둠도 없는 텅 빈 담벼락에
반짝 하고 박힐
눈동자가 있어야 할 것!

타원궤도를 도는
쓸쓸하고도 푸른 별
그 위에 흔들리는
서늘한
옆꽃.

밑

실제로 없을지도 모르는
지구 속 아득한 우주
두툼한 바위 한 덩이씩을 떠멘 채
심해어들이 잠을 잔다
잠을 자며 흘러가고
흘러가며 잠을 잔다
아직 이름이 없는 그들은
해도 달도 모른다
수십억 년 동안 그들만이 나고 죽은
바다의 밑바닥은
세상에서 가장 무거운 사막
지구의 틈 속에서 새까만 거품이 올라오고
먹이도 천적도 구분 못하는 곳에서
서로가 먹다 뱉고 뱉다 먹는다
몸속에는 흐물흐물한 뼈를 가득 채우고
부피를 알 수 없는 바위의 무게를 버틴다
때때로 자장가처럼 눈이 내리는
빛과 소리가 없는 밑
오랫동안 쌓인 먼지의 카펫을 털며
생물도감에 없는 그들은
납작하고 겸손한 비행(飛行)을 한다
지구 역사상 가장 강성한 종족도
결코 침범할 수 없는 곳에서

장엄한 고독을 누리며
눈과 귀가 필요 없는 몸이 되어
완벽한 사생활을 한평생 즐기다 간다
아득한 바다의 바닥
인공위성 하나 없어 더욱 심심한
지구 속 머나먼 외계.

빨간 눈 쥐

투명한 플라스틱 자궁에서 태어난
빨간 눈 쥐
핏발 선 눈을 겨우겨우 떴을 땐
이미 엄마는 간데없고
조상들은 우주로 바다로
먼 여행을 떠났단다
소리와 냄새가 없는 세계에서
홀로 남은 묵념의 세계에서
털 없는 몸에 주름을 잡으며
한참을 기어다니다가
세상의 끝에 닿으면
또다른 끝을 향해 기어다니다가
싱싱한 제철 과일을 입안 가득 썹어먹다가
바닥을 파면 달콤한 젖이 솟는 세계에서
그럭저럭 한세상 보내는가 싶더니만
잠자다 오줌 싸다 덜렁덜렁
박쥐처럼 허공에 매달리기 시작하더니
털보다 긴 바늘이 하루에도 몇 번씩
핏줄마다 쑤셔박히더니
등허리에 혹이 자라나더니
노래도 이야기도 들어 있지 않은 혹이
눈덩이처럼 커지더니
온몸이 혹에 들러붙은 빨간 눈 쥐

그후론 단 한 번도 어둠을 본 적 없는
빨간 눈 쥐
온종일 코를 고는 혹을 대고 누워
세상이 도는 대로 기우뚱기우뚱
간지러운 앞발을 비비다보면
플라스틱 밖 거대한 눈깔과 눈이 마주친다
매일 허공에 태양처럼 못박혀 있는
거대한 눈
무섭도록 성실한 외눈깔.

보이저 2

내 이름은 항해자
방향을 잃어버린 백치 항해자
애초의 힘보다 더 센 힘이 작용하지 않아
맛도 냄새도 없는 바람을 타고
세계의 벽을 향해 날아갈 수밖엔 없지만
내가 전하는 말을 들어줘요
수십억 광년 만에 만난 당신
내 말의 주인은 이미 예전 그들이 아닐 거예요
까마득한 세대가 지난 지금
그들은 아마 다른 종(種)이 되어 있거나
이 세계에서 사라졌겠죠
상상이 가나요 당신은
주인 없는 말을 듣고 있는 거예요
당신들이 극적으로 낚아올린 존재가
이젠 우주 저편 어딘가에 없을 테지만
쓸쓸해 말아요
난 시간을 잊는 대신
침묵 속을 헤엄치는 법을 배웠죠
내가 날아온 방향으로
렌즈를 고정시키고 셔터를 눌러봐요
진화의 끝에 있는 당신들 눈엔 아마
보일지도 몰라요
창백하다못해 투명한 검은 점을

그 속에서 그들이 살다 갔어요
기억해주면 좋겠지만
기억해주지 않는다면 더 좋겠지요
그들도 나만큼이나 백치였다는 사실을

안녕, 나를 멈춰준 당신들
고마워요.

보름달

창밖
깊숙한 어둠
먼 산이 출렁인다
느릿느릿 밤이 풀어진다

꼬리를 뜯긴
향유고래 한 마리
헤엄쳐간다
푸른 핏줄이 돋은
창백한 외눈을 치뜨고

그러니 아가야
잠들지 말고 네 울음을 울어라
엄마 아빠가 깨어
고래의 등에서 뿜어져나오는
뿌연 젖을 볼 수 있게.

'우리'를 발견시키는 목소리

이재원(문학평론가)

쓴다는 일이란 무엇일까. 나는 그것에 대해 잘 알지 못하지만, 곳곳에서 쓰이고 있는 '시'들과 이 질문을 사이에 두고 만나곤 한다. 그리고 그때마다 막연하게 '쓰는 주체'란 눈을 감았을 때의 어둠과 눈을 떴을 때의 어둠이 다르지 않게 되어버린, 어떤 운명에 가까울 거라는 짐작을 하게 된다. 조영석의 시들은 이 막연한 짐작을 확인시키면서, 보태어 '시'에 담긴 것이 하나의 '목소리'일 수도 있음을 알게 했다. 이 시집은 하나의 목소리와 다름없기도 함을 우선 밝히고 싶다.

조영석의 시들은 완벽하거나 훌륭한 시가 되려는 욕심이 없다. 꾸밈이 덧붙지 않은 언어들은 가끔 투박하기도 하다. 그런데 오히려 그 때문에 이 시들은 마치 오래 알던 사람의 목소리와도 같이 들려오는 것인데, 그것이 만들어내는 노래에 빠져 있다보면, 익숙하게 마주하던 풍경이 어둠에 잠기고 마는 경험을 하게 된다. 이 익숙한 낯섦 속에서, 우리는 오래 알아왔다고 생각하던 노래, 그리고 풍경과 새롭게 조우하게 된다. 이 조우는 지나쳐버린 풍광을 보지 않고도 볼 수 있게 하며, 그 풍광 속에서 도시 문명이나 자본주의 같은 거대한 체제를 새삼 발견하게도 한다. 세계의 온도보다 뜨겁기에 따뜻한 밤에도 그 입김이 보이는 목소리, 그것은 결국 익숙한 세계를 낯설게 만듦으로써 이곳의 부조리를 실감시키는, '서정'만의 오래된 힘이었다. 서정이란 흩어져 있는 나의 마음과 지나가버린 풍경이 또렷한 목소리를 만남으로써 '나'를 거기에 개입하게 만드는 사건이기도 한 것이다. 그래서 조영석의 시를 읽은 후 남은 것은 단순하고도 선명한 마음들이었다. 그의 시들은 수많은 풍경을 통과하는 시간 속에서 시인 개인의 세계관과 마음을 뚜렷하게 남길 줄 알기에, 시와 시인과 그로부터의 사소하거나 무거운 파장들을 단단하게 믿음이라는 성질로 뭉치고 있다. 그리고 어느 순간 이 믿음은 존재와 세계에 관한 '목소리'가 되어, 우리에게는 실감될 수 없던, 눈을 떴을 때의 어둠을 읽어주고 있었던 것이다.

말할 수 없음에 대하여

처음에 그것은
젖니도 채 안 빠진 입속의
붉은 혀였다

삼촌이 달려들어
반달을 만들어주마고
덥석 물더니
어머니 아버지 형 사촌까지
한입만 한입만
모두가 부러워할 만한 것으로

만들어준다고
물어뜯었다

그것이 손톱처럼 작아졌을 때
나는 뒤늦게 그것을 꿀꺽
삼켜버렸다
그리고 영영 벙어리가 되었다.

—「꿈」 전문

두고 온 물과 흙을 그리워하며
혀가 잘린 아픔을 노래하게
거기가 어디든
그곳이 바로
순례가 시작되는 곳이니
말이 아닌
이 세상 모든 것으로 노래하게.

—「순례자 2」 부분

두 편의 시에서는 각각 벙어리가 되어버린 '나'의 연유와,
"혀가 잘린 아픔"이라는 벙어리성으로부터 비로소 출발되
는 '순례'의 형식이 다루어진다. 이때 흥미로운 것은 화자의
목소리를 빌려 '말할 수 없음'이라는 문제를 꺼낸다는 점이
다. 발화가 수동적으로 불가능해져야만 하는 상황이 '시'라

는 발화 속에 담겨, '말할 수 없음'이라는 어둠을 전달하는
것이다. 이 시집에는 말을 할 수 없거나 언어를 통한 소통에
서 어긋나고 마는 장면들이 자주 등장한다. "해독 불가능한
언어의 노래를"(「번데기」) 듣는 자, "원래의 글씨를 잃어버
리고 다시 문맹이 되"(「퇴화의 흔적」)는 자, "알아듣지 못
하는 말을 듣고/ 알아듣지 못하는 말을"(「스트라이크아웃
낫아웃」) 하는 자들이 나타나는 것이다. 여기에는 물론 말
이라는 것이 애초에 소통을 목적으로 하는 것이면서도 엄밀
하게는 완전하고 온전한 소통의 불가능에 처해 있다는 오래
된 문제가 제기되어 있기도 하다. 그러나 시인이 보다 강조
하려 한 것은 오히려 무수한 발화들이 발생하는데도 불구하
고 결코 발화되지 않는 '무엇'에 관한 문제 제기이며 그것에
관한 발화 자체의 불가능성으로 보인다. 말은 계속되지만,
그 말이 어떤 대의적 요청 혹은 한 조각의 진정함에조차 미
치지 못하는 사태야말로 소통의 문제만큼이나 본질적인 자
리에 있으며, 그럼에도 그 불가능들이 쉽게 인지되지 않는
다는 것이 중요한 것이다. 그리고 이러한 문제들은 다시 자
유로운 발화를 억누르고 있는 '무엇'에 대한 의심을 유발해
낸다. 이렇듯 조영석의 시집이 다양한 대상과 세계를 왕래
하는 속에서 다가가고 있는 곳은, 이 '무엇'을 끊임없이 의
심하게 하고 그렇게 그것을 알리는 자리이다.
　　그런데 이 '무엇'에 앞서, 서시인 「꿈」에서 "영영/ 벙어리
가 되"어버린 자가 다름아닌 '나'라는 점, 또 '나'의 '벙어리

되기'가 "붉은 혀", 곧 발화 자체를 지칭하던 '꿈'을 삼켜 사라지게 하는 순간 벌어진다는 점에 주목해보자. 이 두 지점으로부터 『토이 크레인』은 출발해나간다. '나'가 벙어리가 되어버린 데에는 "삼촌"에서부터 "어머니 아버지 형 사촌"에 이르는 가족 서사가 연결되어 있는데, 이처럼 이 시집의 한편에서 집요하게 이루어지는 것은 '나'의 '말할 수 없음'의 원인을 '나'의 혈연, 곧 근원적인 내부의 관계들 속에서 찾으려는 간절한 시선이다. 그리고 이것과 맞물리며 다른 편에서는 '꿈'이 사라져버린 세계와 말을 할 수 없는 상황의 등가성을 짚어내는 기민한 시선이 나타난다. '벙어리 되기' 란 꿈이 거세되는 세계, 그렇기에 "혀가 잘린 아픔"에 처한 모든 존재들에 관한 소리 없는 항변의 목소리 되기를 자청하는 일이기도 하다. 이렇게 그는 한편에서는 세계라는 부조리함의 내부에서, 말하는 법을 알지 못하는 이들의 삶 자체를 시로서 포착해내기를 계속한다. "말이 아닌/ 이 세상 모든 것으로 노래하"려는 의지와 다짐으로, 목소리를 잃거나 잊지 않는다. 그리고 이 두 종류의 노력은 조영석의 새 시집이 이전에 비해 어떤 '관심'이라는 측면에서 확연하게 구분되는 것임을 알게 한다. 그동안의 시들이 외부를 향한 관심에 치우쳐 있었다면, 이제는 '나'에 관한 탐사 역시 적극적으로 감행되는 것이다.

다른 '나', 부초 되기

앞서 읽어본 「꿈」에 따르면 '나'가 벙어리의 상태에 처한 것은 가족이라는, 타자의 자리에서도 '나'의 토대에 관여해 있는 관계들에 기인한다. 대개 외부를 향해 작동되던 조영석 시의 시선은 주체의 내부와 그 '가족'에게도 관심을 기울여나간다. 이때 '나'의 꿈을 잘라먹어버린 가족의 이미지에서 이미 유추가 가능하듯이, 기껏 마주한 '나'와 그 주변은 짙게 어두울 뿐이다. 「가족사진」은 바퀴벌레도 살지 못하는, "우리집에 들어오는 건/ 뭐든 병이" 드는 정황을 담아낸다. 병든 아버지와 그가 내리누르는 어머니의 어깨, 그래서 집에 잘 들어오지 않는 누이가 사진 속에서는 웃고 있는 모습은 선명히 떠올릴 수 있는 익숙한 가족의 이미지이다. 그런데 이 불행한 가족의 이미지와 마주한 '나'는 "어느 피와 어느 피의 결탁이/ 끈질기게 핏줄 속을 흐르고 있는지"(「면도를 하다 문득」)에, 즉 뿌리에 대해 추궁하는 일에 주력한다. 그렇게 발견된 뿌리의 성질이 여기에 담겨 있다.

나의 생(生)은 한쪽으로 급격히 기울고 말았지만
그리하여 나 늘 바깥만 그리워하였지만
눈 속의 핏줄은 쉬 충혈되곤 하였다
어머니와 어머니의 어머니,
또 그 어머니의 어머니를

이 세상 밖 어딘가에서 만난다면
서로의 눈을 찬찬히 들여다보며
사내에게만 유전되는 슬픔을 알아볼 수 있을까?
내 피의 구 할은 바깥으로부터 흘러들어온 것이다
　　　　　　　　　　　　　　　　　—「외탁」 부분

　'나'를 들여다봄으로써 발견된 것은 내가 그동안 짐작하던 것의 '바깥'으로부터 구성되어 있다는 점이다. 그런데 이는 '나'의 생각처럼 외부에 의해 '바깥'으로부터 존재하게 된 것이 아니라 "사내에게만 유전되는 슬픔", 그것의 숙명성을 벗어나기 위해 스스로 "바깥만 그리워하"게 된 것으로 읽힌다. 조영석 시는 내부로의 관심을 통해 근원적 슬픔에 마주하게 되지만 거기에 다만 순응하는 것이 아니라 오히려 점차 '바깥'의 무엇으로부터 자신의 기원을 찾으려는 필연적인 노력으로 나아가는 것이다. 그래서 "내 피의 구 할은 바깥으로부터 흘러들어온 것이다"라는 구절은 고백보다는 바람에 가까이 들린다.
　물론 이 시의 경우 '나'가 자연스럽게 구획해놓은 내부와 외부 앞에서, '바깥'이라고 믿던 것은 내가 본래 지니고 있던 것이기도 하다. 여기에는 '모계'의 혈통, 나아가 어떤 여성성이 남성인 '나'의 '바깥'이라는 전제가 있지만, "어머니와 어머니의 어머니"를 알아볼 줄 아는 '나'의 외탁은 사실 '바깥'에 대한 구애나 그것의 투입과 상관없이, 애초부터 그

'바깥'이란 것이 '나'에게 스며 있었으므로 오히려 자연스럽다. 그러나 여기서 중요한 점은 그것을 '바깥'이라고 전제하면서도 자신의 근원을 '바깥'으로부터 재구성하려 하는 일이며, 이것이 오랜 기간 축적되어온 '나'라는 토대를 근원적으로 부정하는 일과 다르지 않다는 부분이다. 그렇기에 조영석 시에서 드러나는 어두운 가족 이미지와 혈통에 관한 집요한 추궁, 또 결국에는 모성으로 나타나는 여성성을 남성적 자아의 내부로 불러들이는 일은 내부를 향한 두터운 시선을 통해 자신의 '뿌리'를 '바깥'으로부터 다시 내리려는 일이다. '다른 뿌리'로 살려는 일이다.

> 그러나 아버지, 저는 부초예요
> 같이 세상을 헤엄칠 부초를 소개해드리려는데
> 우리는 아버지,
> 물위에서 살고 싶어요
> 그러나 아버지의 아버지,
> 땅 위에서밖에는 사는 법 모르시고
> 땅주인에게 신고하고 사는 법 만들어놓으시고
> 허울뿐이지만 제 뿌리를 잠시 맡아두세요 아버지,
> 물만 먹으며 살기에는 제가 먹고 큰 흙이 너무 많아요
> 늪에서 살게 될까 두려워요.
>   —「호적」 부분

이 시에서 화자는 본래의 뿌리를 아버지에게 맡긴 채, 자신은 '물'을 먹고 자라는 '부초(浮草)'가 되기로 결심한다. 이는 '나'에게 파고들어 만난 세계의 한계를 절감하는 속에서 이루어진 선택이다. '부초'는 물에 떠 있으므로, 부초로 산다는 것은 그 뿌리를 흙이 아니라 물에 둔다는 것이며, 그렇기에 이미 주어진 뿌리와 토대를 주체적으로 결정하려는 의지이기도 하다. 그리고 새롭게 결정한 뿌리의 토대, '물'은 "아버지의 아버지"에 대비되는 모성의 이미지를 환기시킨다. 이 시에서 '물 이미지-여성성'과 '대지 이미지-남성성'은 의도적으로 대비되어 나타난다. 흙(대지)의 이미지는 거기 내장되어 있는 '무게' 때문에 현실적인 삶의 토양을 연상시키지만, 상대적으로 존재의 내밀한 실존성이나 존재들 사이의 문제에 관여하지는 않는다. 반면 바슐라르가 짚어냈듯이 물 이미지는 유동적인 물질성을 지니므로 한 존재가 바깥 세계나 타자와 교류하게 하며, 물이 지니는 '깊이'의 속성을 통해 타자의 내밀하고 근원적인 부분과도 닿을 수 있게 한다. 물은 무엇도 적셔버릴 수 있는 기운으로, 여기와 여기 바깥의 경계를 흔들어놓는 물질인 것이다. 그렇기에 '물'은 여성성, 모성성과 자주 결부되며, 나아가 다른 존재를 받아들일 수 있는 절대 긍정과 부드러움과 포용을, 그리고 그것의 바탕이 되는 단순한 사랑의 모습을 지닌다.

그렇게 볼 때 물 위에서 살고 싶다는 것, 또 뿌리를 물 아래에 두겠다는 것은 '흙'으로 상징되는 아버지 세계의 부정적인 이미지들과 분리되겠다는 선언이며, 물의 형질로서 바깥의 존재들과 교류하려는 꿈이다. 모든 바깥과 만나고 그것으로부터 '나'를 다시 세우려는 간곡함이다. "물만 먹으며 살기에는 제가 먹고 큰 흙이 너무 많"고, "늪에서 살게 될까 두려"운 마음이지만, 그래도, 다른 뿌리로 다르게 살려는 진정된 노력이다. 그러므로 다음의 시가 아름다운 것은 "같이 세상을 헤엄칠" '우리'로서의 '부초'를 꿈꾸고 있기 때문이겠다.

> 내 눈은 이미 오래전 모래가 차올라
> 버석거리고 그대의 눈을 내 눈 속에 넣고
> 찰랑거리는 물소리를 밤새 들으며
> 나를 놓지 마오 나를 놓지 마오
> 녹아내리듯 잠들고 싶었네
> 오늘밤 온종일 붉게 녹아내린 그대의 눈
> 뿌리에 고인 물이 한없이 따뜻하네
> 제 몸을 다 녹이고 나면
> 이 밤 또 유리 조각처럼 부서지고 말
> 그대의 눈,
> 내 눈이 그대의 눈이 되기를
> 나는 그대의 이마를 짚으며 잠이 드네.
>   —「그대의 뜨거운 눈」부분

"내 눈"이 버석거리는 것은 오래전부터 모래가 차올라 있기 때문이며, 그러한 '나'가 갈망하는 것은 "그대의 눈"이자 "물소리"에 있다. "그대의 눈"이라는 "뿌리에 고인 물"에 닿는 것만이 버석하게 메마른 나를 위안으로 적실 수 있다고 믿는다. 그래서 내 안의 "모래"를 녹여줄 따뜻한 물을 가진 그대를 향해, "나를 놓지 마오 나를 놓지 마오"라고 들리지 않을 독백을 한다.

　그런데 이 시에서 "그대의 눈을 내 눈 속에 넣"고자 하는 바람은 타자와의 합일 속에서 주체가 치유받고 성장하는 손쉬운 추구와는 분명 다르다. 그것은 "그대의 눈"의 무한한 온기가 실은 도리어 그대 스스로를 "온종일 붉게 녹아내"리게 하고 또 "유리 조각처럼 부서지"게 함을 화자가 이미 알고 있기 때문이다. 그것을 아는 속에서 "내 눈이 그대의 눈이 되기를" 바라는 것, 곧 '나'와 '타자'가 쉬운 포개짐에 다다르지 않는 대신 그 포개짐에 대해 간절히 갈망하는 일이 보다 진한 온기를 생성해내고 있다. '나'와 '그대'라는 성분이 다른 두 눈은 단지 "이마를 짚"는 행위만으로 서로의 버석거림과 부서짐을 왕래하며 잠으로, 위안으로 닿을 줄 아는 것이다. 이처럼 내부를 올곧이 들여다보는 일을 통과한 후에 '나'는 '그대' 곁에서 온기를 받아들이고 또 그대의 뜨거움을 품을 줄 아는 정직한 사랑의 면모를 감각하게 한다. 그래서 그대의 물기는 이곳까지 축축하게 적신다. 이 축축함 속에서야 어떤 정체성은 제 힘으로 다른 뿌리를 내릴 줄

알며, 이렇게 이전과는 달라진 마음이 사랑의 진로를 꾸린다. 그것이 지금까지의 나를 버리는 일임을 알면서도.

토이와 크레인, 그리고 '우리'

그렇다면 내부를 거쳐간 '나'는 그 바깥을 향해 어떤 목소리를 만들어낼 수 있는가. 이쯤해서 앞에서 꺼내두었던, 말을 할 수 없게 하는 사태와 그것을 만들어내는 '무엇'을 떠올릴 필요가 있겠다. 개별적 존재에 관해서 그것은 앞에서 살펴보았듯 나 이전부터 나를 이루어온 '뿌리'와 관계되는 것이었다. 그리고 이제 주체가 보내는 바깥으로의 시선을 모두 흡수해버리는 '당신'들의 처연한 정경들이 화두가 된다. 사실이 시집의 대부분은 이 처연함들을 향해 자리를 내어주고 있다. 조영석은 이 정경들에게 그것과의 거리를 확보한 채 부조리를 고발해내는 방식으로, 또 다양한 알레고리와 풍자가 비판의 목소리를 키워내는 방법으로 다가선다. 가령 체어맨과 충돌해버린 트럭의 계란장수가 "계란 한 트럭으로도 못 갚을 빚 앞에서/ 연신 얼굴에 떨어지는 빗물을 닦는"(「검은 비가」) 장면, "살아온 날의 8할이 축제였"지만 "단 한 번도 없었던 자신의 축제를 기다"려야 하는 '그'(「원맨 밴드」) 등은 조영석 시에서 능숙하게 포착되는 장면들이다. 일상적 장면을 어떤 상징적인 부조리의 장면으로 되살리고, 이 같은 알레고리를 통해 본래적 존재와 거리를 둔 삶의 비극성을 실감하게 한다. 그리고 그것은 세계로의 시선에 담긴 애정과 실망, 그럼에도 포기하지 않는 끈질김으로 여기 남겨진다.

이처럼 조영석 시가 담아낸 정경들이 모두 처연하게 다가오는 것은, 으레 짐작 가능하듯이 투명하고도 차갑게 세계에 심어져 있는 억압과 체제들에 관련되어 있다. 그러나 시로써 "단돈 만 원이면 혁명가도 혁명도 살 수 있는"(「이태원 체 게바라」) 땅, "거대한 사육장"(「지리산 천왕이」), "목숨과 끼니의/ 등가교환의식"(「모기」)이 이루어지는 세계를 반복적으로 풍자하는 일은 말할 수 없음과 그것을 조장하는 체제를 알리려는 일에 그치지 않는다. 문제는 이 비극 자체가 말해지지 않는다는 것, 즉 그것이 사람들의 무의식 속으로 내장되어버렸다는 사실에 있다.

눈꺼풀 없는 인형들이 크레인의 뱃속에서
불면의 눈알들을 치뜨고 있었다
있어도 그만 없어도 그만인 거스름의 날들
사내는 단 한 번도 등 푸른 지폐였던 시절이
없었다 동전 속에 입김을 불어넣고
크레인의 몸속으로 몸소 들어가는 사내
허공을 향해 허깨비를 잡으려 손을 허우적거렸다
손가락 사이를 빠져나간 것이
어디 쓸모없는 것들뿐이었겠는가

사내는 크레인 몸속으로 들어가
푹신한 인형들 속에서 잠이 들었다
크레인의 엉덩이가 축축하게 젖어갔다
목뼈가 부러진 소주 한 병이
조용히 맑은 피를 흘리고 있었다.
　　　　　　　　　　　　—「토이 크레인」부분

　이 시의 시야에는 소주를 사고 건네받은 거스름돈으로 토
이 크레인에서 인형을 뽑는 사내가 있다. 사내와 인형은 크
레인을 사이에 두고 구분되어 있다. 그런데 크레인 밖에서
"단 한 번도 등 푸른 지폐였던 시절이/ 없었"던 "거스름의
날들"을 지내는 사내와 "크레인의 뱃속에서/ 불면의 눈알
들을 치뜨고 있"는 인형들은 어딘가 닮아 있지 않은가. 이들
은 모두 자본을 통해 존재의 가치마저 교환되는 처지에, 그
런 줄도 모르고 "허깨비를 잡으려 손을 허우적거"리는 시간
에 당면해 있는 것이다. 사내가 크레인 안에서 인형들과 함
께 잠이 드는 장면은 교묘하게 크레인의 안과 밖의 경계를
허물어뜨림으로써 이 "맑은 피"의 현장이 '어디나'임을, 색
이 없기에 피인 줄도 모르고 망각되어 있음을 각성시킨다.
　그러므로 이때 드러나는 것은 시선을 보내는 자와 시선
을 받는 자의 경계가 실은 없는 것과 마찬가지라는 점이다.
사내는 크레인의 유리막 안의 인형에게로 시선을 주고, 그
런 사내를 보는 시의 주체가 있지만, 사내가 바라보던 인형

과 사내는 다르지 않은 것이다. 이 같은 인식법은 조영석 시에 담긴 그 모든 장면들이 주체가 바라보는 무수한 사내들과 주체 자신, 나아가 그것을 읽는 이의 어떠한 순간과도 다르지 않게 만든다. 당연한 듯이 모두에게 내재되어 있는 어떤 정상성과 체계는 망각된 현장을 상기시키는 속에서, 조용히 배어드는 맑은 피를 보며 의심의 곁에 서게 한다. 크레인의 유리막처럼 투명하게 심어져 있는 '체제'라는 틀 속에서, '말을 할 수 없음'이라는 필연적인 사태에 대해, 이 시들은 목청을 다해, 말을 한다.

조영석의 시들은 이처럼 '나'와는 상관없을 것만 같던 세계를 응시함으로써 '나'를 관여시키는 힘을 마련하는 방향으로 나아가고 있다. 바깥을 보는 일은 결국 자신이 뿌리 내리고 있는 세계의 내부를 보는 일이며, 그로써 '나'를 다른 눈으로 다시금 바라보는 일이기도 한 것이다. '나'는 이제 뿌리를 자신의 의지대로 다시 내리고, 이 뿌리는 당신과의 왕래 속에서 자리를 넓혀가며 '우리'라는 가능성에 닿는다. 또 한편에서는 세계의 망각된 비극에 대해 민감한 시선으로 대응하며, 이 비극과 연관된 '나'를 보는 일의 가능성을 불러온다. 이 두 방향의 노력은 그 간극에도 불구하고 모두 언제나 요청되어야 한다는 점에서는 같은 일을 하는 것이기도 하다. '말할 수 없음'이라는 사태는 이렇게 지금까지의 '나'와는 '다른' 말을 거치려는 의지를 통해, 세계와 그곳에 속해 있는 나를, 우리를 더욱 잘 말하는 '목소리'가 된다. 그래서 '사랑'을 말하는, 이런 시가 쓰였다.

> 내 혀는 그동안 배운 모든 말을 잃어버리고
> 살며시 당신 이마에 손을 얹을 뿐
> 내 핏속으로 점점 침몰하는
> 당신의 머릿속 비린 하루를 느끼며

—「부부」 부분

"그동안 배운 모든 말을 잃어버리고" 나서야 모든 가깝고 먼 당신들의 "이마에 손을 얹을" 수 있는 마음이 있다. 조직된 언어 체계를 버리는 일은 그것이 '나'라는 존재의 토대였을지라도 이제껏 쌓여 세계를 이루는 것들을 버리는 일과 닮았으며, 이렇게 해서 생겨나는 마음이야말로 세계의 '말할 수 없음'을 실감시키는 진실됨일 수 있다. 스스로를 비운 말은 들리지 않는 당신의 말에게 더욱 내밀하게 다가갔다 돌아올 것이다. 그렇게 "말이 아닌/ 이 세상 모든 것으로 노래하"(「순례자 2」)게 될 것이다. 그렇다면 이 노래를 읽는 일은 우리가 할 수 있는 일, 즉 "당신의 머릿속 비린 하루를 느끼"는 일, 당신과 세계의 비림이 실은 '나'의 것이기도 함을 절감하는 일, 그렇게 세계에 대해 '나'의 입장을 세워가는 일을 하는 것이겠다. 그러므로 이제 이 시들을 통해 눈을 뜨고도 어둠을 보게 되는 불행에 처했더라도, 함께 어둠을 보는 일은 그 어둠을 조금 밝게 만들기도 한다는 익숙한 말을 건네고 싶다. 온전한 꿈과 말을 잃게 하는 '우리'의 세계에서, '시'라는 목소리가 '우리'를 발견해낼 때, 희망은 자라나기도 하니 말이다.

조영석 서울에서 태어났다. 2004년 「초식(草食)」 외 6편
의 시로 문학동네신인상을 수상하며 작품 활동을 시작했
으며, 시집으로『선명한 유령』이 있다.

문학동네시인선 046
토이 크레인
ⓒ 조영석 2013

초판 인쇄 2013년 9월 20일
초판 발행 2013년 9월 27일

지은이 | 조영석
펴낸이 | 강병선
책임편집 | 김필균
편집 | 김민정 강윤정 김형균 유성원
디자인 | 수류산방(樹流山房)
본문 디자인 | 유현아
마케팅 | 신정민 서유경 이연실 정소영
온라인 마케팅 | 김희숙 김상만 이원주 한수진
제작 | 김애진 김동욱 임현식
제작처 | 영신사(인쇄) 신안제책사(제본)

펴낸곳 | (주)문학동네
출판등록 | 1993년 10월 22일 제406-2003-000045호
주소 | 413-120 경기도 파주시 회동길 210
전자우편 | editor@munhak.com
대표전화 | 031) 955-8888
팩스 | 031) 955-8855
문의전화 | 031) 955-8890(마케팅), 031) 955-2663(편집)
문학동네카페 | http://cafe.naver.com/mhdn

ISBN 978-89-546-2241-7 03810
값 | 8,000원

www.munhak.com

문학동네